OBJETS D'ART & D'AMEUBLEMENT

TABLEAUX

GOUACHES — DESSINS

TAPISSERIES

CONDITIONS DE LA VENTE

La vente aura lieu au comptant.

Les acquéreurs paieront *dix pour cent* en sus des prix d'adjudication.

Les expositions permettant au public de se rendre compte de l'état et de la nature des objets et d'en vérifier la désignation, il ne sera admis, pour quelque cause que ce soit, aucune réclamation une fois l'adjudication prononcée.

Paris. — Imp. Georges Petit, 12, rue Godot-de-Mauroi. — 17657-07.

CATALOGUE

DES

OBJETS D'ART & D'AMEUBLEMENT

DES XVe, XVIe & XVIIIe SIÈCLES

CRÉDENCE GOTHIQUE, MEUBLE INCRUSTÉ FIN DU XVIe SIÈCLE
COMMODES, SECRÉTAIRES, ENCOIGNURES, TRIC-TRAC, ETC., EN MARQUETERIE DE BOIS
CONSOLES EN BOIS DORÉ DES ÉPOQUES LOUIS XV ET LOUIS XVI
BONHEUR-DU-JOUR DE STYLE LOUIS XVI DÉCORÉ DE PLAQUES EN PORCELAINE

Ameublements de Salons et Sièges en bois sculpté

TABLEAUX ANCIENS

Portrait de MICHAUX, de la Comédie-Française, peint par DROUAIS en 1769

GOUACHES — PASTELS — DESSINS

Porcelaines montées — Sculptures

BRONZES — PENDULES D'ÉPOQUE LOUIS XV & LOUIS XVI

Pendule monumentale

TAPISSERIES ANCIENNES

Deux importantes Tapisseries des Gobelins — Tapisserie Flamande de la fin du XVe siècle

Sept Tapisseries d'époque Renaissance

AMEUBLEMENTS DE SALONS EN TAPISSERIE

D'ÉPOQUE RÉGENCE ET LOUIS XVI

SIÈGES EN TAPISSERIE

DONT LA VENTE AUX ENCHÈRES PUBLIQUES AURA LIEU

HOTEL DROUOT, Salle N° 1

Le Mercredi 10 Avril 1907, à 2 heures

COMMISSAIRE-PRISEUR	EXPERTS
Me F. LAIR-DUBREUIL	**MM. PAULME & B. LASQUIN Fils**
6, rue Favart, 6	10, rue Chauchat | 12, rue Laffitte

EXPOSITIONS

Particulière : *Le Lundi 8 Avril 1907, de 1 heure 1/2 à 5 heures 1/2*

Publique : *Le Mardi 9 Avril 1907, de 1 heure 1/2 à 5 heures 1/2*

TABLEAUX

Gouaches — Pastel — Dessins
Miniature

BOUCHER (Atelier de F.)

1 — *Études de têtes.*

Dessin à la pierre noire et à la sanguine.

Haut., 16 cent.; larg., 26 cent.

BOUCHER (Attribué à F.)

2 — *La Petite Famille.*

Dessin à la plume lavé de sépia.
Cadre ancien Louis XVI, en bois sculpté doré.

DANLOUX

3 — *Deux Portraits de femmes.*

En buste, de profil, et se faisant pendants.

Deux dessins au crayon noir et à l'estompe. L'un des deux est signé en toutes lettres et daté de : *1784*. De forme ovale.

Haut., 29 cent.; larg., 25 cent.

DROUAIS (le fils)

4 — *Portrait de Michaux, de la Comédie-Française.*

En buste, le visage presque de face, vêtu d'un veston d'intérieur, un foulard autour du cou et coiffé d'un chapeau de feutre mou.

Très beau portrait, de la meilleure qualité du maître.

Signé en toutes lettres et daté de : *1769.*

Cadre ovale en bois sculpté doré du temps de Louis XVI.

Toile de forme ovale. Haut., 72 cent.; larg., 60 cent.

ÉCOLE FLAMANDE (XVIIe siècle)

5 — *Portrait d'homme.*

Représenté en buste, en large collerette avec le collier de la Toison d'or.

Toile. Haut., 70 cent.; larg., 60 cent.

TOURNIÈRES (Robert)

6 — *Une famille.*

Composition représentant, dans le vestibule d'un palais, une famille de sept personnages réunis.

Toile. Haut., 45 cent.; larg., 54 cent.

ÉCOLE FLAMANDE (XVIIe siècle)

7 — *Portrait équestre d'un maréchal.*

Bois. Haut., 62 cent.; larg., 49 cent.

ÉCOLE FRANÇAISE

8 — *Plafond.*

Amours se jouant dans des nuages; encadrement de balustrade enguirlandée de fleurs et corniche ornementée.

Toile. Long., 2 m. 40; larg., 1 m. 60.

ECOLE FRANÇAISE (XVIIIe siècle)

9 — *Portrait du marquis d'Argenson.*

Toile. Haut., 39 cent.; larg., 32 cent.

ÉCOLE FRANÇAISE (XVIIIe siècle)

10 — *Portrait de femme.*

En buste, de trois quarts vers la gauche, le visage de profil. Corsage décolleté en fichu, chevelure ornée d'un ruban.

Dessin à la pierre noire et à la sanguine de forme ronde.

Cadre ancien Louis XVI, en bois sculpté doré.

Diam., 18 cent.

ÉCOLE FRANÇAISE (XVIIIe siècle)

11 — *Concert dans un parc.*

Une jeune et jolie femme joue du clavecin et parait charmer les nombreux personnages qui l'entourent.

Charmante gouache. Haut., 24 cent.; larg., 32 cent.

ÉCOLE FRANÇAISE (XVIIIe siècle)

12 — *Jeune fille auprès d'une chaumière avec un chien.*

Petite gouache. Haut., 12 cent. 1/2; larg., 15 cent.

ÉCOLE FRANÇAISE (XVIIIe siècle)

13 — *Portrait d'une jeune femme.*

En corsage de soie rayé jaune avec fichu de gaze blanche, les mains dans un manchon en fourrure. Fond de paysage.

Miniature de forme ronde.

ÉCOLE FRANÇAISE (XVIIIe siècle)

14 — *Portrait d'homme à perruque.*

Pastel de forme ovale.

ÉCOLE FRANÇAISE (XVIIIe siècle)

15 — *Portrait de femme.*

En buste, vue de face.

Cadre ancien Louis XVI, en bois sculpté doré.

Toile de forme ovale.

EVERDINGEN

16 — *Paysage avec chute d'eau.*

Toile. Haut., 80 cent.; larg., 63 cent.

FRAGONARD (École de H.)

17 — *Fête bachique.*

Au pied d'une statue de faune, deux bacchantes et un enfant nu sont couchés, dormant; vers la gauche, deux enfants pressent, dans une amphore, des grappes de raisin. Dans le fond, se déroule un cortège de bacchantes.

Toile. Haut., 55 cent.; larg., 45 cent.

LE PRINCE (Jean-Baptiste)

18 — *La Mère laborieuse.*

Dessin à la sépia.

MOREAU l'aîné (Attribué à Louis)

19 — *Paysages animés de figures.*

Deux charmantes gouaches, faisant pendants.

Haut., 30 cent.; larg., 35 cent.

OUDRY (Jean-Baptiste)

20 — *Scène tirée du* Roman comique.

Dessin au crayon.

ROBERT (Hubert)

21 — *Le Départ pour la promenade.*

Devant un palais à colonnes et fronton, dont le perron baigne dans l'eau, une barque est accostée dans laquelle trois personnages vont prendre place. Au premier plan, à droite, un homme en manteau rouge et une paysanne avec sa petite fille; dans le fond, accoudés à une balustrade, des groupes de curieux sous de grands arbres.

Peinture sur bois, signée et datée en bas, à droite : *1796.*

Haut., 30 cent.; larg., 26 cent.

VAN GORP

22 — *La Consultation.* — *La Bonne aventure.*

Deux petits tableaux faisant pendants.

Bois. Haut., 24 cent.; larg., 20 cent.

VERNET (Joseph)

23 — *Paysage d'hiver. — Effet de neige.*

Au premier plan, grands arbres avec bûcheron ; au fond, clocher et moulin.

Belle qualité du maître.

Signé et daté : *1756.*

Cadre Louis XVI en bois sculpté doré.

Panneau. Haut., 38 cent. ; larg., 53 cent.

WERF (Van der)

24 — *Petit portrait d'une dame de qualité.*

Peint sur cuivre.

Cadre Louis XIII en bois sculpté doré.

---

25 — *Miniature peinte sur émail attribuée à J.-B. Greuze :* Tête d'enfant, XVIIIe siècle.

Objets d'Art & d'Ameublement

PORCELAINES
montées et non montées

26 — Paire de flambeaux en ancienne porcelaine émaillée en blanc, avec têtes de béliers et feuillages. Monture en cuivre doré.

27 — Paire d'aiguières en porcelaine émaillée gros bleu, montées en bronze ciselé et doré de style Louis XVI : anse à cariatide de femme, guirlandes de fleurs, base à piédouche et socle.

28 — Potiche en vieux Chine, fond bleu à décor doré de paysage, gorge à lambrequins, monture en bronze doré de style chinois.

29 — Paire de pots en ancienne porcelaine de Chine à fond caillouté bleu et fleurs de pêchers réservées en blanc.

BRONZES — PENDULES

30 — Paire de flambeaux en bronze, en partie dorés : la tige à gaine polygonale avec petits mascarons de femmes, pieds à griffes ; bases à palmettes. Époque Ier Empire.

31 — Grand vase à deux anses formées d'anneaux en ancien émail cloisonné de Chine, entièrement décoré, sur fond bleu turquoise, de chrysanthèmes, feuillages et ornements divers en émaux de couleurs. Époque Ming.

Haut., 70 cent.

32 à 34 — Six paires de flambeaux en bronze argenté. Époque Louis XVI.

35 — Paire de bouts de table à trois lumières, en bronze, garnis de cristaux. XVIIIe siècle.

36 — Paire de girandoles à cinq lumières, en bronze argenté. Époque Louis XVI.

37 — Paire de bras-appliques à deux lumières, en bronze ciselé et doré. Époque Louis XVI.

38 — Coupe en bronze patiné, accotée de deux cygnes dont les cous forment les anses, en bronze doré, ainsi que des guirlandes, le couvercle ajouré et la base circulaire ornée de laurier; socle en marbre. Époque Louis XVI.

39 — Deux statues en bronze patiné : enfants ailés debout, portant chacun un vase. Bases en bronze ciselé, à piédouche et socle ornés de tores de laurier et de rosaces de style Louis XVI.

Haut., 90 cent. environ.

40 — Buste en bronze : *Marie-Antoinette*, reine de France.

41 — Paire de chenets en bronze ciselé et doré, modèle à vase enguirlandé et socle à têtes de bélier. Époque Louis XVI.

42 — Lustre en bronze à douze lumières, garni de cristaux. XVIIIe siècle.

43 — Autre lustre en bronze et cristaux, mais plus grand. XVIIIe siècle.

44 — Pendule dite religieuse, en marqueterie de cuivre et étain sur écaille, de forme rectangulaire avec couronnement cintré. Époque Louis XIV.

45 — Pendule-applique et son socle cul-de-lampe, en marqueterie de cuivre, ornée de bronzes. Époque Louis XV.

46 — Grande pendule en marbre blanc et bronze doré. Le mouvement de *Piolaine, à Paris*, forme le couronnement d'un portique cintré à quatre colonnes. Socle décoré de frises de petits amours. Époque Louis XVI.

47 — Pendule en marbre blanc et appliques en bronze ciselé et doré. Le mouvement de *Lepaute* est porté par deux pilastres ornés, reliés par une corniche cintrée ; vase de couronnement, consoles latérales et rinceaux à la partie inférieure. Époque Louis XVI.

48 — Pendule monumentale en ébène, plaques de marbres de couleurs, jaspe et lapis, et bronzes ciselés. Le mouvement, en forme de mappemonde, offre quatre cadrans et se trouve au centre d'une sorte de baldaquin à quatre colonnettes en jaspe supportant un dais couronné d'une statuette de Mercure sur socle en jaspe.

Haut., 2 m. 20 environ.

49 — Paire de vases, forme cassolette, sur socle circulaire reposant sur trois chimères ailées, en marbre blanc et bronze doré. Style Louis XVI.

Haut., 60 cent. environ.

SCULPTURES

50 — Groupe en bois sculpté : *Scène d'enlèvement.*

51 — Christ en ivoire sculpté, travail français, XVIIe siècle.

52 — Statuette d'enfant debout, en marbre blanc, de travail italien ancien.

Haut., 57 cent.

53 — Marbre, par A. Boucher : *La Terre.*

Haut., 70 cent. environ.

54 — Fragment de statue d'enfant debout portant un fagot, en terre cuite. xviiie siècle.

55 — Groupe en terre cuite présentant une femme couchée, vêtue d'une tunique, les seins nus, et tenant une palette de la main gauche. A gauche, une figure d'amour debout. xviiie siècle.

56 — Statuette en terre cuite. Fillette debout, coiffée d'un bonnet, tenant dans son tablier un nid d'oiseaux que guette un jeune chat. xviiie siècle. Signature à droite, en bas, sur la terrasse.

Haut., 40 cent.

57 — Groupe en marbre blanc figurant *la Charité*, sous les traits d'une femme debout, avec trois enfants. xviie siècle.

Haut., 65 cent. environ.

58 — Groupe en marbre, d'après Coysevox, représentant *Pégase transportant la Renommée* ; il est supporté par des motifs en bronze doré : tête de lion et attributs guerriers. Socle en marbre et bronze. De la maison Baulin.

59 — Buste de jeune femme, dans le goût du xviiie siècle. Marbre blanc sur piédouche.

Haut., 68 cent. environ.

MEUBLES

60 — Meuble crédence en bois sculpté à pans coupés, orné de panneaux à fenestrages gothiques et écussons armoriés. xve siècle.

61 — Meuble a deux corps, ouvrant à quatre portes et deux tiroirs à la ceinture, en bois, avec incrustations de nacre et d'os formant rinceaux à feuillage et oiseaux. Fin du xvie siècle.

62 — Table rectangulaire à quatre pieds-balustres réunis par une traverse, ouvrant à tiroir à la ceinture en bois sculpté. Fin du XVIe siècle.

63 — Vantail de porte en bois sculpté, avec panneaux à serviettes. XVIe siècle.

64 — Porte en bois sculpté, composée de deux panneaux avec cuirs contournés et feuillages séparés par une frise à entrelacs. XVIe siècle.

65-66 — Deux grands meubles flamands ouvrant à porte, en bois sculpté à motifs de colonnes ornées supportant une corniche et reposant sur un socle mouluré et avec consoles. Sur la porte, motifs d'ornements divers, fruits, mascarons, etc. XVIIe siècle.

67 — Console en bois sculpté doré, à quatre pieds réunis par un croisillon, ornée de canaux à culots à la ceinture. Dessus de marbre. Époque Louis XIV.

68 — Paire de torchères en bois sculpté doré. XVIIIe siècle.

Haut. : 1 m. 30 environ.

69 — Miroir en bois sculpté doré avec fronton. Époque Régence.

70 — Autre miroir en bois sculpté doré, avec fronton : enfants et oiseaux. Époque Louis XIV.

71 — Console en bois sculpté doré, à motifs de feuillages. Époque Louis XV.

72 — Console en bois sculpté doré à rocailles, chutes de laurier et vases fleuris. Dessus de marbre. Époque Louis XV (autre console semblable moderne).

73 — Console de forme contournée, à quatre pieds, en bois sculpté doré, orné de guirlandes de laurier. Fin de l'époque Louis XV. Dessus de marbre brèche.

74 — Autre console de forme contournée, à quatre pieds, en bois sculpté doré, ornée de rocailles, branches de vigne et bouquet de fleurs. Époque Louis XV. Dessus de marbre brèche.

75 — Régulateur en marqueterie de bois, garni de bronzes ciselés. xviiie siècle.

76 — Commode de forme contournée, à deux rangs de tiroirs, en marqueterie de bois de couleur à fleurs; garniture de bronzes. Dessus de marbre. Époque Louis XV.

77 — Commode à trois rangs de tiroirs, en marqueterie de bois de placage, ornée de bronzes. Dessus de marbre. Époque Louis XV.

78 — Commode en marqueterie de bois de placage et bois debout, de forme contournée à deux tiroirs: garniture de bronzes dorés. Dessus de marbre rouge. Époque Louis XV.

79 — Bureau ouvrant à abattant et trois tiroirs formant commode, en bois de placage orné de bronzes. Époque Louis XV.

80 — Secrétaire ouvrant à abattant, tiroir et deux portes, en marqueterie de bois de couleurs. Époque Louis XV.

81 — Deux cadres rectangulaires, en bois sculpté doré. Époque Louis XIV.

82 — Coffret rectangulaire, en marqueterie de bois et d'os. Travail oriental ancien.

83 — Rosace de plafond, en bois sculpté et peint très richement, orné de motifs variés. Époque Louis XVI.

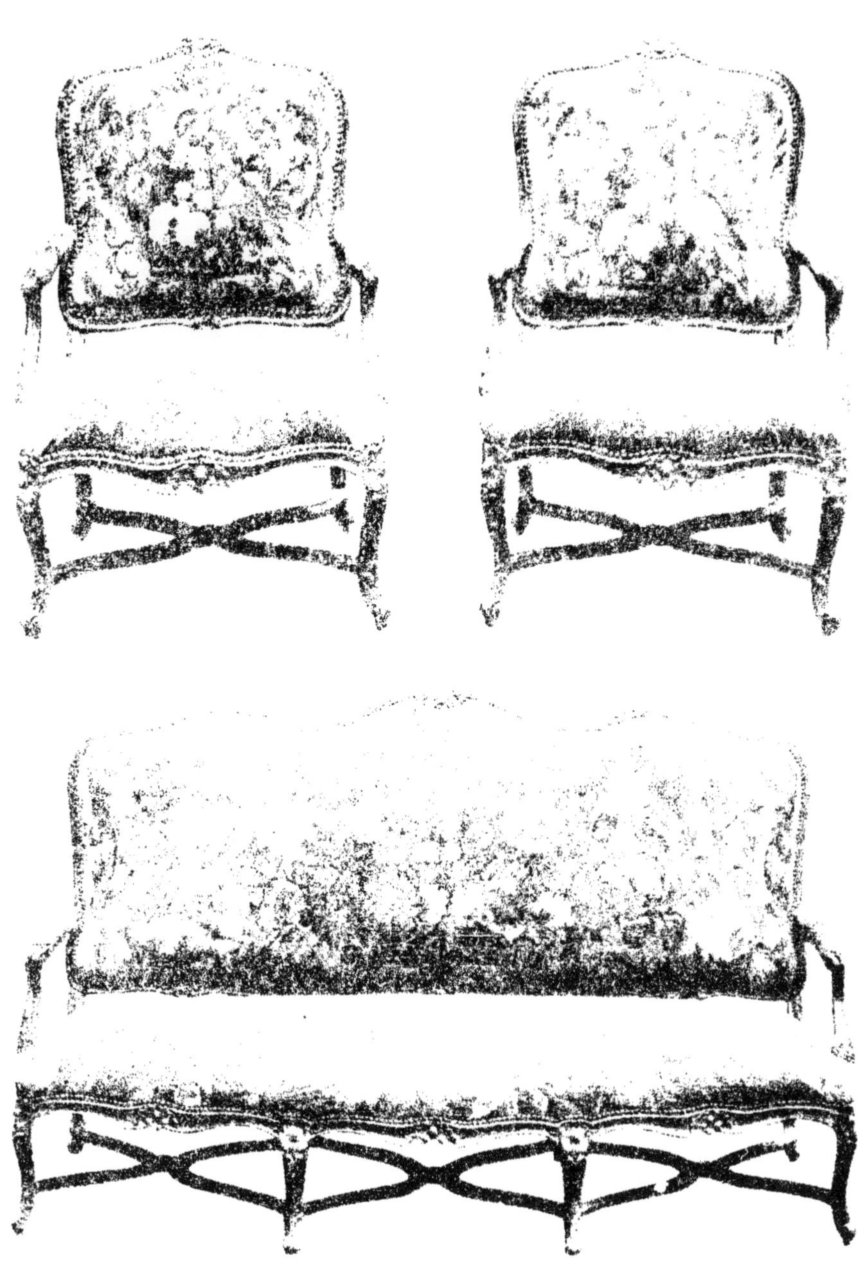

84 — Bureau forme à cylindre, en marqueterie de bois à quadrillés : la partie supérieure, simulant une bibliothèque, ouvre à deux portes à coulisses ; dessus de marbre à galerie de cuivre. xviiie siècle.

85 — Bureau forme à cylindre en acajou, médaillons et ornements en marqueterie, le haut formant bibliothèque, ornements en bronze et perlé de cuivre. Époque Louis XVI.

86 — Secrétaire droit ouvrant à abattant, tiroir et deux portes, en marqueterie de bois de couleur, à damier et médaillons. Paysage et vases. Dessus de marbre. Époque Louis XVI.

87 — Console-servante à quatre pieds cannelés, avec tiroir à la ceinture, en acajou et baguettes de cuivre. Tablette inférieure et dessus de marbre blanc entouré d'une galerie ajourée. Époque Louis XVI.

88 — Vitrine haute, de forme octogonale, en bois sculpté doré avec petites consoles à la partie supérieure de chacun des angles. Époque Louis XVI.

(*Vente Lelong.*)

89 — Commode à trois rangs de tiroirs, en marqueterie de bois de placage, ornée de bronzes dorés. Époque Louis XVI.

90-91 — Paire de meubles encoignures ouvrant à une porte, en marqueterie de bois de couleurs avec trophée d'instruments de musique. Dessus de marbre. Époque Louis XVI.

92 — Table tric-trac, en acajou et ébène mouluré et pieds cannelés, dessus de drap et cuir. Il porte sur un tiroir l'estampille : *J. Demoulin*. Époque Louis XVI.

93-94 — Deux consoles, forme demi-lune, en bois sculpté peint. Dessus de marbre. Époque Louis XVI.

95 — Petit meuble bonheur-du-jour, ouvrant à portes et tiroir, en bois de placage richement orné de bronzes ciselés et dorés, moulures, colonnettes, etc.; et de plaques de porcelaine décorées avec sujets pastoraux, amours, oiseaux, etc. Style Louis XVI.

AMEUBLEMENTS DE SALONS
et Sièges en bois sculpté

96 — Ameublement de salon en bois sculpté peint, composé de : un canapé, deux bergères et six fauteuils. Époque Louis XVI.

97-98 — Deux écrans en bois sculpté peint, de style Louis XVI.

99 — Ameublement de salon en bois sculpté peint, comprenant : deux canapés et six fauteuils. Époque Louis XVI.

100 — Quatre fauteuils en bois sculpté, couverts en velours jaune. Époque Louis XV.

101 — Deux fauteuils en bois sculpté, variés. Époque Louis XV.

102 — Trois chaises à croisillon réunissant les pieds, en bois sculpté. Époque Louis XV.

103 — Six chaises en bois sculpté peint et cannées, à fleurettes. Époque Louis XV.

104 — Dix chaises en bois sculpté, garnies de canne. xviiie siècle.

105 — Deux bois de fauteuils en bois sculpté, de même modèle et de même époque.

106 — Banquette de style Louis XV en bois sculpté ciré, recouverte en tapis de la Savonnerie à gerbe de fleurs.

AMEUBLEMENTS DE SALONS

et Sièges en Tapisserie

107 — Ameublement de salon du temps de la Régence, en bois finement sculpté, comprenant : un grand canapé et six fauteuils. Il est recouvert, aux sièges et dossiers, d'ancienne tapisserie fine à grandes gerbes de fleurs et oiseaux en couleurs et guirlandes fleuries au dossier du canapé.

108 — Deux grands fauteuils en bois sculpté, richement ornés de coquilles, feuillages et rocailles. Ils sont recouverts, aux sièges et dossiers, en ancienne tapisserie à fond jaune avec médaillons d'animaux dans des paysages, encadrés de rinceaux de feuillages et de fleurs en couleurs. Époque Régence.

109 — Six fauteuils en bois sculpté, à dossier mouvementé, recouverts en ancienne tapisserie au point, à fleurs. Époque Louis XV.

110 — Quatre fauteuils en bois sculpté, à fleurettes, recouverts en ancienne tapisserie au point, à fleurs, vases et animaux. Époque Louis XV.

111 — Ameublement de salon, composé d'un canapé et quatre fauteuils en bois sculpté doré, recouverts en ancienne tapisserie de la fin de l'époque Louis XVI offrant, aux sièges et dossiers, des médaillons à sujets de petits personnages et animaux, encadrés de perles, lauriers et fleurs.

TAPISSERIES

Broderie

112 — Tapisserie flamande de l'époque de Louis XII.

Très importante composition, comprenant de nombreux personnages en riches costumes. Au milieu d'un paysage planté d'arbres fruitiers, s'élève, vers la gauche, une sorte de trône sur lequel un personnage est assis, semblant discourir avec un vieillard debout devant lui; autour de ce groupe, des spectateurs attentifs sont debout ou à genoux; plus loin, vers la droite, des gens de condition moindre tentent de s'approcher, mais sont tenus à distance par un homme armé d'un bâton.

Bordure d'encadrement à frise de feuillages, fleurs et fruits.

Haut., 3 m. 50 ; larg., 4 mètres.

113-114 — Suite de deux tapisseries de la Manufacture royale des Gobelins, faisant partie de la *3e Tenture, dite de l'Ancien Testament*, d'après les tableaux d'Antoine Coypel, exécutées en 1753, en basse lisse, sans or, par Jacques Neilson, avec la deuxième bordure. (Voir *État général des Tapisseries de la Manufacture des Gobelins*, par M. Fenaille, t. II, p. 81.)

1° *Esther*.

Au milieu d'un palais à colonnes torses, Esther s'évanouit dans les bras de ses suivantes et est soutenue par Assuérus, qui est descendu de son trône, à droite.

La bordure d'encadrement simule un cadre en bois sculpté doré et se compose d'une moulure dorée avec l'écusson de France au milieu de la traverse du haut, entre deux branches de laurier, de quatre écoinçons avec la fleur de lis et d'un cartouche avec l'inscription : *Esther*, au milieu de la bordure du bas. Au milieu des bordures latérales est placée une agrafe à coquille ; à gauche, signature : *Ant. Coypel pxt* ; à droite : NEILSON. ⚜. G. *ex*. 1753. Bel état de conservation.

Haut., 4 mètres ; larg., 5 mètres.

ESTHER

2° *Tobie.*

Dans une salle ouvrant par trois arcades sur la campagne, le père de Tobie, aveugle, se lève de son fauteuil, à gauche, et tend les bras à son fils qui est devant lui, à droite, suivi de l'ange. Une vieille femme se tient derrière le vieillard. Une femme, à droite, auprès d'une table, tend le bras droit. Un petit chien se dresse sur la jambe de l'aveugle.

Bordure d'encadrement semblable à celle de la tapisserie précédente avec l'inscription : *Tobie,* dans le cartouche Mêmes signatures et date d'*Ant. Coypel* et de *Neilson*. Bel état de conservation.

Haut., 4 mètres ; larg., 3 mètres.

Importante Tenture

COMPRENANT SEPT TAPISSERIES D'ÉPOQUE RENAISSANCE A SUJETS DE CHASSE

115 — 1° Tapisserie flamande du xvie siècle. Dans un paysage, au fond duquel se voit un château entouré d'eau, se déroule une chasse au sanglier ; vers la droite, groupe de deux femmes debout, dont une figurant Diane. Bordure d'encadrement à compartiments de petits paysages : animaux, rinceaux et figures allégoriques (la partie inférieure manque).

Haut., 2 m. 90 ; larg., 3 m. 75.

116 — 2° Tapisserie flamande du xvie siècle. Importante composition à nombreux personnages et animaux représentant une chasse au cerf, avec personnages à droite et à gauche : fond de verdure et habitations. Bordure d'encadrement à compartiments de petits paysages, fleurs, rinceaux et figures symboliques. (Couture verticale au milieu de la tapisserie.)

Haut., 3 m. 25 ; larg., 5 m. 20.

117 — 3° Tapisserie flamande du xvie siècle. Elle représente, en une très importante composition à nombreux personnages, une chasse au cerf, fond de château et verdure. Bordure d'encadrement (incomplète en haut à gauche), à compartiments de petits paysages, rinceaux, figures allégoriques, etc.

Haut., 3 m. 35 ; larg., 4 m. 70.

118 — 4° Tapisserie flamande du xvi° siècle. La Chasse au faucon. Bordure d'encadrement à compartiments de petits paysages, rinceaux et figures ; la bande inférieure est incomplète.

Haut., 3 m. 10 ; larg., 2 m. 55.

119 — 5° Tapisserie flamande du xvi° siècle. Elle représente dans un paysage, au fond duquel se voit un parterre, une chasse ; à droite et à gauche, des personnages, dont un groupe de femmes : l'une figurant Diane, en riches costumes. Belle bordure d'encadrement à compartiments de paysages, rinceaux, figures allégoriques, fleurs, etc.

Haut., 3 m. 35 ; larg., 3 m. 05.

120 — 6° Petite tapisserie flamande du xvi° siècle. Sujet de chasse ; à gauche, deux figures de femmes, fond d'habitation et verdure. Large bordure en haut et en bas, à compartiments ; bordure plus petite sur les côtés.

Haut., 3 m. 30 ; larg., 1 m. 50.

121 — 7° Autre petite tapisserie flamande du xvi° siècle. Analogue à la précédente ; mêmes bordures.

Haut., 3 m. 40 ; larg., 1 m. 55.

122 — Tableau en ancienne tapisserie de forme ovale. Portrait présumé du pape Jules II. xvii° siècle. Cadre ovale en bois sculpté doré, d'époque Louis XIII.

123 — Lambrequin en broderie au point de Hongrie, à rinceaux fleuris et oiseaux, et autres animaux. xvii° siècle.

114

www.ingramcontent.com/pod-product-compliance
Ingram Content Group UK Ltd.
Pitfield, Milton Keynes, MK11 3LW, UK
UKHW021523260726
13993UKWH00004B/1845